여
중
생
A

3

여중생A

3

허5파6 지음

ViaBook Publisher

안녕하세요, 허5파6입니다.

『여중생A』를 웹툰으로 만나 이 책까지 함께해주신 분도, 이 책으로 처음 뵙게 된 분도 정말 정말 반갑습니다.

제가 『여중생A』를 통해 그리고 싶었던 주제는 '자존감'이었습니다. 사람의 자존감은 외부 요소에 의해 어떻게 변화되는가, 자존감이 한 사람의 인생에 얼마나 지대한 영향을 미칠 수 있는가에 대한 이야기였지요. 주인공이 처한 어려운 환경에서 억압되었던 자존감이, 승리의 기억을 그러모아 새로운 세계로 나아가는 용기가 되는 모습을 그리는 것이 만화의 목표였습니다.

그리고 또 하나, 약간 비밀스러운 바람은, 『여중생A』가 소녀들에게 많이 읽히면 어떨까, 하는 것이었습니다. 생각이 많은 청소년기의 소녀들은, 어려움에 처했을 때 자신의 잘못보다 더욱 자신을 질책하고, 근본적인 원인이 자신에게 있다며 스스로를 원망해요. 대부분의 경우 당신의 잘못이 아니라는 메시지를 보내고 싶었습니다.

『여중생A』의 배경이 되는, 2000년대 초·중반은 인터넷이 각 가정의 PC에 자리 잡고 인터넷 문화가 갓 생겨날 때였지요. 당시 키워드는 '엽기'로, 각종 수위 높은 게시물들이 제재 없이 마구 공유되었어요. 인터넷에서 일어나는 일을 현실 세계로 끌어오는 데 익숙한 사람들과 그렇지 않은 사람들이 섞여 여러 사건 사고가 일어났고요. 이 시절의 독특한 아이템이나 현상들이 아직도 강렬하게 기억에 남아 만화 곳곳에 넣고서 공감하는 분들이 있기를 은근하게 바랐는데 생각보다 즐거워해주시는 분들이 많아 저도 재미있었습니다.

연재 중인 만화가 단행본으로 빚어지면 제 마음 한편에 자부심이 됩니다. 책을 정성스레 만들어주신 비아북 출판사 식구분들과 책으로 다시 한 번 미래를 만나러 와주신 여러분들께 무한한 감사를 드립니다.

2017년 3월
허5파6

차례

일러두기

본문의 내용 중 게임상의 대화나 인터넷 용어는
작가의 의도를 살리기 위해 별도의 교정 없이
원문을 그대로 반영했습니다.

남중생A

50화 번외편

동생은 전 학교에서
일진 같은 애들한테
괴롭힘을 당했다.

전학을 간 후로
많이 밝아져서 기쁘다.

수학여행 날 밤.

드디어 오늘이야!

긴장하지 마. ㅋㅋ

오늘 이태양이 고백한다며?

촛불 이벤트 한다던데?!

야~ 이태양! 내가 재밌는 소식을 들었는데 말야.

어악

야! 쌩까냐?

너 이경민이랑 계속 놀 거면 나한테 말 걸지 말라고 했지.

···

재수 없는 새X···

이제 이백합 불러올까?

으응.

도와줘서 고마워.

이백합! 이태양이 너 불러!

꺄악! 웬일이니!!

···

사귈 거지? 사귄다고 해!

··· 왜?

몰라서 묻니?!

진실게임할 때 이태양 멋있다고 한 여자애만 해도 세 명이야!

너도?

내가 이태양이랑 사귀었으면 좋겠어…?

당연하지!!

이젠 뭐가 어떻게 되도 상관없지만…

두근 두근

백합.

꽃 선물은 항상 이거네.

너, 널…

처음 봤을 때부터 좋아했어.

널 좋아해!

나와 사귀어줘!

와아

용기 있다!

남자다, 이태양!

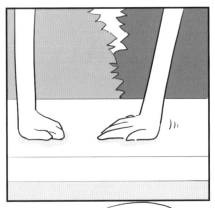

위이이잉
위이이잉

무슨 일이야?

이경민네 애들이
술 먹고 창문 넘다가
떨어졌대!

헐~!

너 가봐야 되는 거
아니야?

응?!

송재민도
있을 텐데.

자업자득이지 뭐…

ㅇㅇ중 3학년 집합!!

아까 여자애들 중엔 나밖에 안 보인다고 했잖아.

으응.

저벅 저벅

그럼 장미래는? 친해 보이던데…

여기서 걔 얘기가 왜 나와?

라는 얼굴이네.

그거면 됐어. 충분해.

하하

?

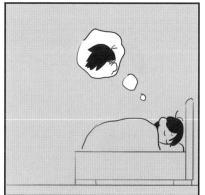

51화

아직 덜 피곤한 거지.

쓸데없는 생각이나
하는 거 보면.

다음 날.

비 와서 그런지 으슬으슬하네. 카디건 가져올걸.

방학은 언제 되지…?

새앵일 추욱하~ 합니다아~

조심해!

!!! 설마?

축하해!

우와 고마워!

소원 빌어 유리야!

축하해!

… 그럴 리가 없잖아. 무슨 생각을 하는 거야.

오늘은 하루 종일 이백합을 관찰했다.

쟤 주위에 있는 애들은 엑스트라 같아.
그런 정도의 애가 고백을
받을 수 있는 거겠지.

조심해!

야! 잘 보고 차야지!

까아악!!

웬일
이니~!

…

봤어 봤어?

꺄아아!
완전
멋있다!

너무 닭살
떠는 거 아냐~?

조,
조심해…

휘유~~

역시 애들은 이런 스캔들에 더 관심이 있는 거야.

이대로라면 그 일도 덮어둘 수 있어.

아깐 고마웠어~

왠지 배가 아파…

애! 너 뒤에, 샜어!

저 저 저기… 너 겉옷 좀 잠깐만 빌려주면 안 돼…?

뭐?!

어이가 없네.

보란듯이
이태양이랑 사귀어놓고,
저렇게 아무렇지도 않게…

빨리 씻고
쉬어야겠다…

아, 이런…

생리대가
다 떨어졌어.

빈 봉지만
있네.

철컥

이 도둑년이,
이리 안 와?

자, 잘못했어요…!

지 엄마 닮아서
앞에선 살살거리는 게
아주 맞을 짓만 골라 하고,

악!!

니가,
그동안 안 맞아서,
이렇게, 뻘짓을 하지,
응?

떡, 떡, 떡, 떡

… 자, 잘못…

어쩌면 아빠의 말이 맞을지도 모른다.

10원짜리…

생리대는 뭣같이 비싸고,

여자니까 또 그걸 사야 하고,

생일이라는 같잖은 핑계를 대면서 구걸을 하고 비참해지는 거.

이런 것들 다,
'내가' 태어나지 않았으면
겪지 않아도 될 일들이잖아.

52화

나는 다시 지각을 하게 되었다.

삐릭

어차피 학교에 일찍 가도
보고 싶은 사람이 없으니까.

곧
「전쟁 같은 사랑」이
방영되겠습니다.

평소에 전혀 보지 않는 한국 드라마는

바보처럼
왜 이러는
거야!

내가 뭘요!

이럴 때 보면 정말 재미있다.

도대체 저한테
왜 이러는 거예요?!

드라마의
여자 주인공은
평범한
설정이지만,
예쁘고
말랐다.

널 사랑해서
그러는 거라고!

남자 주인공
또한
멋있고
능력 있는
사람이다.

그에 벗어난 사람들은

OO 씨 말이 맞아...

그래, 사실은 OO 씨가 널...

조력자이거나 응원자의 역할을 맡을 뿐이다.

이런 짧은 손가락과 무 다리로는,

주인공은 말도 안 되고, 악녀도 못 되지.

요즘엔

악녀가 더 예쁘더라.

터덜 터덜

내가 저 장르에 낄 사람이 아니란 건 이미 뼈저리게 알고 있는데도,

꺄~
대신 들어주는
거야?

이태양
완전
멋있다~

저런 장면을
볼 때마다
누가 때리기라도
한 것처럼
가슴이 아픈 데는
익숙해지지가
않는군.

저기, 장미래!

뭐.

왜 얼굴은
붉히고
지ㅈ이야?!

미치겠네.

끝나고
도서실 갈게.

오지 마.

왜?

그냥~
할 얘기도 있고
해서.

그러든가.

우다닥

이젠 정말
이러면
안 된다고.

이젠 여자친구도
있으니까,
이 감정 자체가
범죄인 거야.

근데,
도서실에서
할 얘기란 게
뭐지?

어쨌든
좋은 얘기는
아니겠지.

나는 변기와 함께 여러가지 이미지 트레이닝을 했다.

좋아!

이렇게 연습했으니까, 그래도, 울지는 않을 거야!

나가기 전에 얼굴 좀 식히고.

저런 여자애에게는 평생 이길 수 없겠지.

035

037

너야말로 이제 그만해도 되지 않아?

무슨... 말이야?

내가 이태양을 좋아한다는 걸 알고 있었잖아.

그런데 보란듯이 이태양이랑 사귀어놓고도, 계속 너한테 쩔쩔매기라도 하라는 거야?

뭐? 아냐! 그런 거 몰랐어.

그리고 내가 말한 약점은 이태양이 아니었어!

이태양은 이번 일을 덮기 위해 사귄 것뿐이라구!

뭐? 그럼 네가 생각한 내 약점은 뭐였는데?

...

다시 말하지만 난 정말로 너에 대한 소문 퍼뜨리지 않았어. 빨리 말해.

「우리들의 쪽지」에서 네 글을 봤어!

038

53화

이태양에게 느낀
슬픈 감정은,

생각보다
오래가지
않았다.

남자애에게
차였다거나

짝사랑이
깨졌다고 해서
슬픈 것보다

둘이(라고 생각해서)
나누었던 감정들이
결국엔 아무것도 아니었고,

그 애가 그 애를
좋아할 동안
나는
아무것도 모른 채
혼자 망상에 빠져
헤벌레
했다는 것,

결국 그 사실만이
남았을 뿐이었다.

도서부의 CA 활동도
정상 궤도로 돌아갔다.

시청각실

초반부터
야한 대사가
나오는구나.

싫었지만
어차피 이젠
같이 보는
사람도 없으니까
상관없지.

자신의 취향을 구축해온 사람은

아무에게나 그것을 전파하지 않는다.

안 사요!

내가 이태양에게
화가 나는 것도

이거 한번
잡솨봐.

그러지,
뭐!

우린 뭐가 통할 거라고 생각해서 건넨 것들 중

실상 아무것도 축적된 것은 없고,

그 와중에도 넌 케이틀린 얘기만 했어

심지어 친구로서의 우애를 쌓아왔는지도 불분명해졌다는 점이다.

우리가 정말 친구였다면 이백합에 대해 언질이라도 들었을 테니까.

이태양에게 나는 대체,

어떤 존재였던 걸까?

그래도 내가 유일하게 잘한
단 한 가지 일이 있다.

내가 가장 좋아하는 영화만큼은

내가 세 살 때,
변기 뚜껑이 닫혀 있는 걸 보고

아끼고 아끼다가

그걸 젖힐 생각은 안 하고
그냥 바지에 싸버렸대

결국엔 보여주지
않았으니까.

이 영화에게
아주 미안한 짓을
할 뻔했어.

딱히 새삼스러운 일도 아니지만,
역시 난 아무에게도
영향을 끼치지 못하는 존재.

그런 의미에서
이백합은
참 신기한 애다.

밥 먹을래?

같이 글짓기 대회
나갈래?

내 글 어때?

그 애 덕분에 오랜만에
「우리들의 쪽지」에
글이 실렸던 날이 떠오른다.

○○복지관

앗, 왔니?

안녕하세요…

「우리들의 쪽지」는
복지관에서 발간한
서적으로,
사정이 어려운
아이들의 글을
투고 받아 묶은
수기집이었다.

책이랑 상품권,
그리고
빵하고 우유야.

감사합니다.

우연히 도서관에서
「우리들의 쪽지」를 읽고
나도 글을 투고하게
되었던 것이다.

빵이랑 우유까지
받을 줄은
몰랐는데.

벌써
배가 부른
느낌이야.

너무 솔직하게 썼나?
다른 애들 글 보니까
나도 안심이 돼서
그만…

그냥
게임머니로
쓰기엔,
왠지 마음이
무거워.

참고서
전과

어디 있지?

그때 읽었던 걸로 사고 싶은데…

찾았다!

운수 좋은 날
현진건 지음

상품권 다 써버렸네.

그래도 괜찮아.

책 내용은 이미 봐서 알지만,

내 책꽂이에 꽂는 거랑은 또 다른 거니까.

그럼 이백합은

내가 그때 쓴 글대로, 아빠한테 맞은 거라든가, 우리집 사정을 알고 있다는 건가.

그리고 그걸로,

약점을 잡으려고 했다는 거지.

내가 이해할 수 없는 둘이니만큼

서로 통하는 무언가가 있었겠지.

그렇지 않고서야,

이태양이 이백합을 갑자기 좋아한다는 게 설명이 안 되니까.

사람이 오래도록 단 걸 먹지 못하다가 갑자기 접하면, 볼 옆쪽에서 극심한 통증을 느끼게 된다.

책임지지 않을 거면,

그렇게 따듯하지나 말 것이지.

아이고,
나도 모르게 또
원망을 해버렸네.

미안하게시리.

그동안 너무 안일하게
살았다는 생각이 든다.

복에 겨운
생활을 했지.

이제
줄 서서
기다리고
있는 건
불행
뿐이다.

지금은 베타테스트라느니
정식이 아니라느니

거울 앞에서 했던
어이없는 다짐들이 떠오른다.

이태양은
이백합과
사귀게 되었고,
아빠에게 맞을 땐
아픔을 느낀다.

이게 바로
현실이니까.

왜 지금까지 근거도 없는 이상을 꿈꾸며
아등바등 살아내려고 했는지,
내 자신이 우습게 느껴진다.

나는 더 이상 버텨내는 삶을 살고 싶지 않아.

이제 지쳤어.

54화

소, 소문낼 생각 마!

내가 지금 그걸로 약점 잡아 장미래 협박하고 있으니까 말야.

거짓말 이지만…

흐, 흐응~ 백합이가 나한테 이렇게 세게 나오면 안 되는 거 아니야?

나도 지켜주고 있는 비밀이 있잖니?

아직도 글짓기 이야기를 하려는 건가?

이미 그 얘기는, 지금 와서 해봤자 소용도 없을걸.

나는 나만 죽지 않아. 함부로 입 놀리면 가만 안 둬.

…

탁 탁 탁

배, 백합이가… 달라졌어!

뭐지?!

뭔가 무서워!

저런 모습은 처음 봐.

… 그래서 더 좋아!

두근 두근

휴우…

이걸로 대충 수습이 된 건가?

장미래랑 관련만 되면 빈틈없던 내가 실수를 하게 돼!

정말 짜증난다구!

방학식 아침조회를 시작하겠습니다. 모두 자리에서…

야! 니 여친 목소리다!

바다…

알아..

이 교실도 오늘이 마지막인가.

너 이태양 좋아한다며,
아무렇지도 않아?

…

… 너 정말 내가 이태양
좋아하는 거 몰랐어?

우리 조
사진이야.

이거
어때?

그 열쇠고리
뭐야?

장미래가
준 건데,
신경 쓰여?

그럼
안 할게.

… 그럼

너는 그때
도서실에서 했던 말
진심이었어?
내 글에 대해
말했던 거.

057

네가 이태양 좋아하는 줄 몰랐다고.

이쪽이 더 효과적이겠지.

널 의식해서 사귄 거라고 생각한 거야? 말도 안 되지.

그런 식으로 고백하는 애들 한두 명도 아니고, 그냥 이용할 만하니까 사귀어준 거야.

상처받아. 네가 상처받았으면 좋겠어.

야! 어디 가!

… 그래. 방학 동안 이태양이랑 바다도 가고, 잘 지내.

그거 말고는 별로 할 말이 없네.

이렇게…

이런 상태로 여름방학이 되어 버린다고?

너는 왜 내 글에 반응하지 않아?

너는 왜 다른 애들처럼 날 좋아하지 않아?

왜 우리는 친구가 되지 못한 거야?

장미래!

처음으로 너한테 밥 먹자고 했을 때, 왜 거절했어?

내가,

끝까지 넌 네가 잘못한 것보다 네가 아픈 부분만 쓰라려하는구나.

글쎄, ··· 그런 거야 기본적으로 살펴보는 거잖아.

내가 이 그룹에 들어가도 되는지, 살아남을 수 있을지.

…

55화

탓

쉴 새 없이 몰입할 수
있는 게 필요해.

이렇게
수사와 나른함으로
점철되어 있는 책은
참을 수가 없다.

왜 이 대목에서
그 애가 생각나지…

100LV

100LV

흠,
다른 직업캐들도
만렙을 찍었으니
할 일이 없군…

아무리 회자정리라고 하지만

고마운 사람들에게 마지막 인사는 해야지.

앗! 다크다!

다크666

쥐딸기링ㅑz   냥이법사임

아, 안녕하세요.

와! 무지 오랜만!

희나야! 다크 왔어!

…

왜 그래. 너 맨날 다크 보고 싶다고 그랬잖아;;

희나짱_◦

희나야, 그동안 나 안 와서 화났어?

몰라-! 바보똥돼지는 나한테 말 걸지 마!

잘못했어~
한 번만 봐줘어
응?

아아
편안한
이 느낌.

그럼
빙글빙글 돌면서
"나능 똥때집니다!"
라그
열세 번 해!

나는 빡빡이다

이 세계가
현실이라면
나는 이런 결심을
하지 않았을지도
모르지.

우리는
빡빡이다.

이곳만이 내가 유일하게
이해되고, 이해할 수 있는
세계일지도 모른다.

길마야!
다크 왔어!

헉!
오빠…

와 다크 올만이다!
연락해도 안 오더니
잘 지냈어?

X유엘느안X

내가 지금 뭘 보고 있는 거야?!

루사래스™

다음 날.

야!
그냥 가지 마
응?

희나아~
그건 좀 아닌 것
같은데…

다른 길원들은
그렇게 걱정해주었지만

나는 되려 은근한 기대감까지 들었다.

나는 개학식 전날까지만
살아 있기로 했다.

솔직히 스스로 끝낼 자신은
없었는데, 대신 해준다면
나야 고맙지.

사람이 마지막에 남기는 것은 무엇인가,
그것을 선택할 수 있다는 것은
흔치 않은 일이다.

그렇기에 나는
내 목숨과 같은 이 책들로
마지막 짐 싸기를 하는 것이다.

지이잉

받은 메시지

0XX-XXX-XXXX

나 길마 오빠랑
같이 가. 좋지?

뭐가 되었든,
이젠 상관없어.

일이 아주
착실히
진행되는군.
그때처럼.

저기인가.

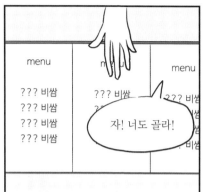

menu

??? 비쌈
??? 비쌈
??? 비쌈
??? 비쌈

자! 너도 골라!

나는 정말
괜찮으니까…
배고프지도
않고…

뭐야아~
거지 같은 애랑은
못 먹겠다,
그건가~?

… 그럼 님이랑
같은 걸로…

님?

길마 오, 오빠랑
친구 같아 보여서…

그럼 나보다
나이 많은 거
맞지?

아니,
얘는 길마 '오빠'인데,
나는 왜 '님'이냐?

…

~~랑, ~~,
~~ 주세요

저, 그 일 말이야,
미안…

식전빵
나왔습니다.

그 얘기는 먹고 하자고.
너무 급해서 체하겠네~

…

체할 것 같은 건
나야…

저 사람이
길마 오빠라
말이지…

왠지
상상했던 거랑은
전혀 다른데…

…

책을 참
좋아하나봐…

하긴,
네가 보고 싶은 사람은
따로 있었겠지.

!!!

너 길마 좋아했잖아~

아, 아니거든!
내가 언제!

KILL

피씨방.

뭘, 문자 받으면 완전
답장 칼이더구먼.

또 왔어?

나도
볼래!

그중에 90프로는
내가 답장한 거였는데~

KILL

결국 이 세계 사람들에게도
기만당하고 있었던 건가.

ㅋㅋ

57화

오늘은 머리 풀었네?
푼 것도 귀엽다~

… 너 이름이 미래야?
성은 뭐야?

난 재희야,
현재희.

개수작 부리지 말고
로그인이나 해.

넵.

성직자템 살 거지?
별로 없긴 한데…

어, 뭐야?!

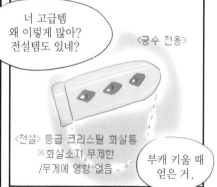

너 고급템
왜 이렇게 많아?
전설템도 있네?

〈궁수 전용〉

〈전설〉 등급 크리스탈 화살통
※화살소지 무제한
/무게에 영향 없음

부캐 키울 때
얻은 거.

084

역시 미래짱은
매정하구나…

게임에서도
얼음꽃 편만
들더니…

내, 내가 언제 그랬어!

훌쩍

그렇게
나가서는 안 오다가
갑자기 와선 거지라고
하질 않나…

아 놀아, 놀자구!
놀아제껴 아주!

훌쩍저억

바보.

테라스로 갈래?

086

으~ 시원하고 좋다!

저기, 몰라서 물어보는 건데,

파스타집이 스파게티집이고, 테라스는 바깥에서 먹는 걸 말하는 거야?

뭐, 그렇지.

참 어렵게도 말한다. … 응?

분명 아이스초코를 시켰는데, 왜 이렇게 미지근하지?

게다가 엄청 달아.

나 애들한테 밀린 문자만 빨리 답장 보낼게~

인기 많으셔서 좋겠어요~

뭐 내가 아니라 희나의 팬들이지만.

58화

루샤 옵빠라고 불러야
알아보시려나?

??

에헤이~
어디 가시나?

사, 사과는
됐어.

※ 2권
13~24쪽 참조

웬 사과?

난 이거 말하려고
부른 건데?

님이
여자 길원들한테
음담패설 한 거 모음집,
이거 넘길까 말까
고민 중이거든.

그러니까 대충 마무리하시고,
알아서 계정 탈퇴 하시죠?

그, 그럼 그때
사준 캐시템은
돈으로 줘.

넹?

네가
벌받은 거란 말,
홧김에 한
말이었어.
전혀 말도
안 되는 건데…

별것도 아닌 걸로
왜 그래. 심각하게.

ㅋㅋ

그냥, 왠지 모르게
넌 불안해 보여.

아, 그래.

아예 내 계정을
통째로 살래?

이것 봐!

뭔가, 어딘가로
떠나버릴 사람처럼
느껴진다구!

무섭단
말이야…

미지근했던
아이스초코는
잘못 만들어진 것이
아니었고,

차가운 우유와 따듯한 초코 부분을
섞어야 한다는 것을
내가 몰랐을 뿐이었다.

그 맛이
안 나는군…

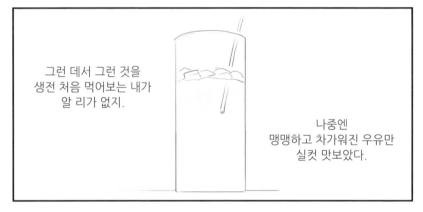

그런 데서 그런 것을
생전 처음 먹어보는 내가
알 리가 없지.

나중엔
맹맹하고 차가워진 우유만
실컷 맛보았다.

희나랑 있으면
그런 것들을
많이
경험할 수
있을 것
같았다.

무슨 차이인
거지?

파스타니,
테라스니 하는
그런 것들을.

역시
가격인가…?

59화

그럼 팔 만한 아이템을 좀 정리해볼까.

헉! 이 캐릭으로 들어오면 안 되는데.

〈길드 채팅〉
'다크666' 님이 로그인하셨습니다.

다크666

다크야!!

다크~!!

꿔딸기링ㅣz

얌이법사얌

희나 만나고 온 거야? 별일 없었어?!

그게…

그동안 걱정했단 말야~~!

만나보니까 그냥 괜찮은 애 같더라고요. 같이 좀 놀고… 아무 일 없었어요.

다행이다!

저기… 희나랑 앞으로도 만나서 놀 거야?

예, 뭐… 왜 그러세요?

※1권 143쪽 참조

비싼 거 먹으러 가자! 내가 사줄게. 응?

비싼 것 보단…

뭔가 특이하고 새로운 거 먹어보고 싶어.

그래? 그럼 홍대 갈까.

와…

♪ ♪

여긴 너 같은 사람 많다~

이젠 '너'로 굳혔구나…

일본식 돈가스

아!

여기 가보자, 여기!

돈가스? 돈가스가 새롭고 특이한 거야?

이렇게 또 기만당하는군.

가자! 들어가자!

후~

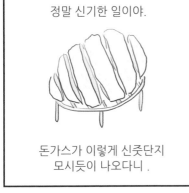

정말 신기한 일이야.

돈가스가 이렇게 신줏단지 모시듯이 나오다니 .

게다가 이렇게 잘려 있고

소스는 저 노란 것 때문에 더 맛있어 보이고

샐러드는 약간 땅콩 맛이 나는 게 하루 종일 먹고 싶어.

부드러워~!

맛있어?

많이 먹어 내가 살게!

그러네… 이게 바로 기만의 맛이라고 해야 할까…

미래야아…

다음은 내 차례!

두근
두근

절룩거리네

작사 달빛요정...
작곡 달빛요정...
노래 달빛요정...

미래야,
왜 이런 노래
불러.

내가
잘못했다니깐~
ㄲㄲ

설마 이 노래를
아는 거야?!

그냥 우연의
일치겠지?
설마…

세상도 나를 원치 않아

세상이 왜 날 원하겠어~

내 차례당.

헉! 이 노래는!!

Show me the
money

작사 이진원
작곡 이진원
노래 달빛요정...

설마...!

진짜 달빛요정을 아는 건가?

기억해 언제나
내가 널 지키고
있다는 걸

아냐,
스X 크래프트
치트키에도
'Show me the
money'가 있으
니까 어쩌다가
노래만 아는
것일 수도...

기만한 거 진짜
아니...

그것보다!!

달빛요정역전만루홈런
알아?

음, 뭐 조금은...

... 그럼
또 아는 인디 가수
누구 있어?

105

뭐, 크라잉넛이나
자우림?
…

그럼 그렇지…

은 이제 너무 메이저지?
내귀에도청장…

응?!

**미쳤어?!
미쳤냐구!!**

이 가수는?

이건?

이 노래는?

어, 뭐.
대충은 다
아는 것
같은데…

하하 아무튼,
좋다는 거지?

사랑을~
아직도 난 모르겠어~

왜 이렇게
힘든 건지~

그 노래

이브, 「집착의 병자」

111

어허~!

진정해라 진정해.

치마 입어보라고 하면 어떡하지?

좀 불편한데, 어색하고…

이거 어때?

엥, 생각보다 평범하네?

새 옷은 가지고 있는 옷들하고 어울려야 하는 법!

괜히 특이한 옷만 샀다가는 입지도 못할걸!

자고로 심플 이즈 더 베스트(Simple is the best)란 말씀이야!

세상에…

어쩜 저렇게 뻔뻔하게…

난 괜찮아!

죽인다!

다꺼져!

ㅋㅋㅋ

최신 게임이
이렇게나 많은데
하고 싶은 게 없네.

하! 즐겜!!

헐~ 게임 친구
왜 이렇게 많아?

친구가 아니야!
다 적이다!

날 제치고 나서
비웃고 간 놈들
리스트야.

오늘도
그중에 세 명을
응징해줬지!

끼요홋~!

61화

120

자유 최고!!!

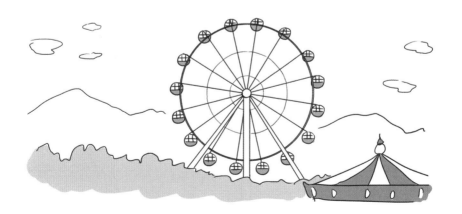

그, 그랬구나.

왜 자퇴했는지 안 물어봐?

…

으음… 실례되는 질문이면 어쩌나 해서…

조금 궁금하긴 하지만… 네가 말하고 싶을 때 이야기하면 괜찮지 않을까…?

그러게, 언젠간 말할 수 있게 되면 좋겠네!

뭐 타고 싶은 거 없어?

난 별로. 오늘은 네가 하고 싶은 거 하러 온 거니까.

저번처럼, 난 암것두 몰라… 오빠가 잼있으면 나두 그냥 따라가는 거지, 머… 이러지 말고.

내가 언제 그랬어!!

역시 최고로 무서운 건 '신드바드의 여행'이야.

배 타고 가는 거? 거기에서 무서운 게 있어?

당연하지! 일단 들어가면서부터 너무 무서운 목소리랑 인형들이 있고

계속 스산한 분위기에 물 냄새 같은 것도 이상꾸리하잖아.

제일 무서운 건 저 용이야. 머리카락이라도 걸린다면, 으으…

그럼 그것도 다시 도전하러 갈까?

좋아!

고고싱~

아아… 이제 알겠어.

아이들이 왜 그렇게 소풍을 기다리는지.

소풍이란 건, '친구'와 함께하는 것이니까!

히히

?

128

62화

길마 님은
왜 말을 안 하는 걸까.
물어볼까…?

저기,

고, 고마…

아!
긴장하고
있던 거군.

별일이네.
내 앞에서 긴장하는
사람도 있구나…

길마 님은 책을
좋아하시나봐요.
저도 좋아하는데
…

그건 무슨 책
이에요?

이, 이거
말야?

…

아, 그렇지…

내가 살고 있는 세계는,

순정 만화 같은 게 아니야.

이게 맞는 거지.
이게 내가 사는 거야.

친구, 돈, 건강?
XX, 무슨
속 편한 소리를
하고 있어.

저 사람이 살아 있는 한,

나는 죽기 전까지 행복해질 수 없다.

안 가.

미안…

그래,
이 정도면
많이 누렸어.

얼굴 보자마자
말해야겠다.

짠−!
그때 네가 산 거랑
비슷한 옷!

들어가자!

… 여기까지 왔는데,
영화 다 보고 말할까.

영화관 콜라는
무지 크구나.

이런 상류 세계도
이젠 끝인가.

혼자만의 상념으로
영화는 배경처럼
흘러가고 있었다.

꺄아악~!

그때,

영화에서는
내가 모르는 새 진행된 폭력이
한창 행해지고 있었는데,

보통, 악마로 변한 사람의 광기와 고함을
견뎌내야 했던 것과는 달리

화면에서는 맞는 여자아이의 얼굴과 비명,
흐트러진 옷매무새, 상처들을
세밀하게 볼 수 있다는 게 색다른 점이었다.

화장실 좀.

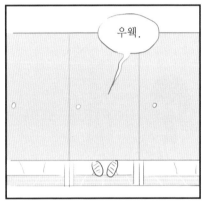

우웩.

...

왜 나왔어? 나 그냥 잠깐 쉬는 건데…

그냥.

영화 재미없더라.

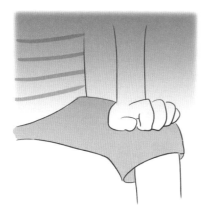

63화

같이 재밌게
놀아놓고서
헤어질 때 돼서는
놀아줘서 고마웠다고
하면서 기분 이상하게
해놓고,

그런데 이젠
네 맘대로 그만
만나자고?

너, 내가 그렇게
만만하냐?

…

…

…

뭐부터
얘기해야 하지?
일단 사과는 해야 하는데…
그리고 놀아준 건 맞잖아.
나는 그게 정말 고마워서…
그렇지만 이젠 정말 그만 만나야
하고… 그런데 이렇게
화난 모습은 처음이야.
어떻게 말을…

…?

너무
심했나.

어휴, 진짜!
너 말고도 나랑
놀고 싶어 하는 애들이
줄을 섰거든?
고마운 줄…

그럼
걔네랑 놀면
되잖아.

뭐?
너 진짜…

집으로 오는 길 내내
그 마지막 말이 맴돌았다.

내가 누군가에게
상처를 줄 수도 있구나.

잠에 들려 해도
현재희가 했던 말이
내내 머리를
어지럽혔다.

내가 원더링 월드에서
얼음꽃을 따돌리자고 했을 때,

네가 그러지 말자고 했지.

희나는 그럼 다른 길드원들이 다
얼음꽃하고 안 놀았으면 좋겠어?
그러다 보면 그 앤 혼자가 돼.
난 그런 거 싫어, 마음이 안 좋아.

141

미안해, 미안…

미안…

여긴 어디지?
저 노란빛은…?

재희? 현재희?
어서 가서 사과해야 해!

나 상처
받았어…

왜 불쌍한 척
해…?

실망했어…

어서 가서…!

그럴 줄
알았어…

넌 사랑받을
자격이 없어…

왜,
왜 그런 말을 해?

넌 음침한
애니까!

!!!!!

헉!

탁

내가…
내가 또
망쳐버렸어.

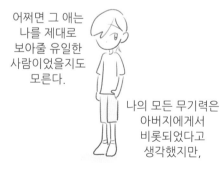

어쩌면 그 애는
나를 제대로
보아줄 유일한
사람이었을지도
모른다.

나의 모든 무기력은
아버지에게서
비롯되었다고
생각했지만,

이번엔 내 스스로가
망쳐버린 것이다.

그러나 이대로
관계를 유지한다 해도
무슨 소용이지?

때때로 닥쳐오는
그 행사 때마다
모든 희망이
사라져버리는데!

끝이 보이지 않는 지긋지긋한 순환…

나는 더 이상 그 어떤 생각도
하고 싶지 않아졌다!

길마 오빠가 준
쪽지…

내 블로그에
이 책 리뷰를
올려놨어!

이 출구 없는 악몽에서
관심을 돌릴 수 있게 해주는 것이라면
무엇이든 좋다.

x유엘느안x의 아니메월드

외워서 고맙다냥~

~메뉴~
신작 소식
신작 리뷰
유엘느안의
하루
식도락 일기
제품 리뷰
뮤직 추천

프로필
x유엘느안x

프로필
x유엘느안x
상쾌한 청년!
신사라는 이름의
변태?일지도…

… 누구야?

이런
이미지였나?

아니, 어쨌든
리뷰를 읽어보자.

하시모토
마루치의
상실

응?
이 그림이
아니었는데?

제목은 맞는 것
같지만.

내가 봤던 책에는
제목만 있었어.
그게 속표지였나?

하시모토
마루치의
상실

… 무슨 말이야,
이게?

너무나 사랑스러운 소녀!
마루치상의 두 번째 이야기입니다!

츤데레 속성인 마루치상은
이번 작품에서도 정말 모에에에~~!

로리콤인 저로서는
지나칠 수 없었다는…
(쿨럭)

145

64화

이게
소설이야?

라고
생각한 글을
몇십 편
보다보니
어느새
아침이 되었다.

진짜?
ㅋㅋ

그거 알아?

믹스 커피에
우유를
넣으면
커피우유 맛이
난다!

그리고 거기에
초코퀵 좀
넣으면
카페모카가
되지!

...

블로그 글이나 마저 봐야지.

식도락 일기

우와, 왠지 미식가 같다…

나도 같이 갔던 그곳이네.

세 번째 방문입니다! 이 유엘느안이 세 번째 방문한 가게라면 퀄리티는 보장되어 있는 가게라는 것이겠죠? (어이!)

오늘은 특별히 어떤 아가씨도 동행하였는데 정말 귀여웠습니다!

제 눈도 제대로 못 마주치는 레이디였달까? 후후

내가… 이랬다고?

여러분에게 인기 높은 그 녀석!(크흑!)도 동행했습니다. 사진 올려달라는 분들이 많아서… 한 컷!

이 카테고리 글들은 볼 것이 못 되는구나.

아니 근데…

왜 소설들이 다 초반 부분만 있지?

한번 물어볼까.

바로 전화 오네.

너, 내 소설 다 읽은 거야? 그다음이 궁금해서 문자 한 거야?

아, 네, 뭐…

별로 그런 건 아닌데…

… 그래서 그다음엔 2클래스 어둠 마법을 배우는데… 그때 엘프를 만나거든. 근데 그 엘프가 사실은…

주인공은 최약체지만 위기 상황에서는 손에 봉인되어 있던…

말 많네, 이 사람…

그 애도
소설을 썼었지.
근데 왜
그 애 글은
계속 읽지
않았던 거지?

내 글을
봐줘!

그러고 보니
떠오르는
사람이 있군.

뭔가
강압적이어서
그랬던 건가?

그런데
왜 그렇게 꼼짝
못했던 거지?

이렇게 한 발짝
떨어져 있으면
아무렇지도
않을 일들이,

학교라는
공간 안에서는
옴짝달싹 못하게
나를 옥죄어든다.

정말 알 수 없는
일이야…

그걸
깨달았다고 해서
해결될 일도
아닌 것 같다.

받은 메시지

보낸이 : 길마님

내 소설 밑에 링크
해놓은 곳 들어
가면 별점 줄 수
있거든. 그거 주면
고맙고!

제 소설은
글 먹는 용(링크)
에도 올렸습니다
별점 부탁 드립니다~!

여기
인가?

클릭

이 중에 어떤 소설에
별점 줘야 되는 거예요?
길마 님이 올린 소설이
여러 개라서…

아! 제일
최근에 쓴 거에
주면 돼!

그걸로 공모전
나갈 거거든!

공모전이요?

응, 그 사이트에서
하는 건데 써서
올리면 자동으로
참가되는 거야!

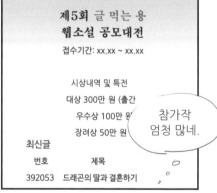

제5회 글 먹는 용
웹소설 공모대전

접수기간: xx.xx ~ xx.xx

시상내역 및 특전

대상 300만 원 (출간

우수상 100만 원

장려상 50만 원

참가작
엄청 많네.

최신글

번호	제목
392053	드래곤의 딸과 결혼하기

길마 님에게
미안한 말이지만,

입상은
어려울 것 같다.

조회 수가
너무 적어.

아! 그 애한테
알려주면
좋아하려나?

아니…
그건 아닌가.

이제 와서
뭘…

으음~ 암튼
공모전이라,

나도 한번…
해봐?

흠흠~

공모전 필승법!
다른 참가작들을
살펴본다.

으음…
그러니까 이 세계로 간
주인공이…

일단 소꿉친구나
잠을 깨우는 요정
같은 게 꼭 있어야
하고…

닉네임은 게임
아이디랑 똑같이
다크666으로…

좋아.
대충 어떤
흐름인지는
살펴보았어.

하지만
중요한 것은
이제부터다.

나는 이곳에서 전혀 다른 글을 쓴다!
그래서 주목을 받는 거야!

제목	글쓴이
자고 일어나니 마왕님?!(1)	kaki32
전교 회장 그녀는 소악마!(3)	바다여행자
고양이 귀 그녀와 두근두근 (5)	레이언
세계를 구하는 건 나!(1)	고기동자
심연의 눈동자(0)	다크666
이세계 모험기(1)	맑은영혼
도서관에 네코미미가?!(13)	기너스

털썩

시간이 너무 늦어서 그럴 거야. 내일 다시 보면 다르겠지…

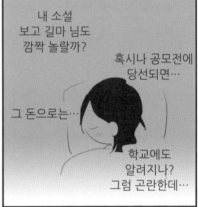

내 소설 보고 길마 님도 깜짝 놀랄까?

혹시나 공모전에 당선되면…

그 돈으로는…

학교에도 알려지나? 그럼 곤란한데…

헐레 벌떡

리플 리플!

반응 반응!

아… 잠깐!
엄청 악플만 있으면
어쩌지?

갑자기 보기 두렵다…

구리다는 리플만
한가득이면
어떡해…

그, 그래도…!

클릭

제목	글쓴이
자고 일어나니 마왕님?! (43)	kaki32
전교 회장 그녀는 소악마! (7)	바다여행자
고양이 귀 그녀와 두근두근 (12)	레이언
세계를 구하는 건 나! (4)	고기동자
심연의 눈동자 (0)	다크666
이세계 모험기 (6)	맑은영혼
도서관에 네코미미가?! (56)	기너스

…

65화

재미…
재미… 재미…?

으음… 그리고 이건
다른 문제지만 말야.

네 소설의 여캐들은
'모에도'가 부족하달까?

모에…도?

쿵~! 하게
한다거나,

뽕가죽네~!
같은 게 없어!

그래!
이를테면,

쿵? 뽕가죽네?
무슨 말이지?

봐봐, 여기.

연보랏빛 물결이 사라락
흩날리듯 그녀의 머릿결이 빛났다.
그녀의 큰 눈과 조그마한 입술이
무언가 말하고 싶은 듯 열리며
나의 손 위에 그녀의
작은 손이…

아!

뭐가 문제인지 알았어요! 다시 써서 보여 드릴게요!

그래, 묘사! 묘사가 부족했던 거야!

소리 없이 나타난 그녀가 핏빛처럼 붉은 눈으로 드래곤을 쏘아보았다. 긴 다리…

길마 님! 제 글 보셨어요?

응, 그런데 말이지…

여캐가 귀엽지 않아.

가, 강인한 여캐는 안 된다는 거예요?

아무리 강인해도 말이지, 남자 앞에서 보이는 약한 모습에 쿵~! 하는 거라고.

그게 뭐야. 언제나 강인함을 잃지 않는 게 이 캐릭터의 매력인데…

저… 길마 님이 귀여운 여캐 한 명만 만들어주세요.

부탁 드려요.

이런 이미지로 말이지…

… 어때요?

여캐는 귀여운데… 뭔가가 부족해.

또…

여캐도 귀여워졌고, 문장도, 스토리도 나름 신경 써서 썼는데… 뭐가 부족한 걸까요?

재미… 아닐까…?

으히힝~!!

도대체 뭐야.

이 책에는 있고
내 글엔 없는 게
뭐냐고!

다카시와 마루치상 둘만 남겨두다니
말도 안 되는 일이다ー!
고양이에게 생선을 맡긴 격이지.
그렇다면 다카시가 고양이란
말인가? 하지만 고양이를
닮은 것은 마루치상이다.
그녀의 눈매를
상상하며 망상을…

!

알았어요!
뭐가 부족한지!

이런 말꼬리 잡는
말장난이에요!

속담이나 패러디를
이용한 말장난이 계속해서
나오니까요!

아하!

탁

그럼 다시 써서
보여 드릴게요!

잘 가~

이제 모든 것을
알았으니까!

다시 쓰면…!

다시…

다시 쓰면…

못해!
못한다구!!

웃와앙

뭐가 문제인지는
알았지만

그렇게 장황하게
늘어놓는 건
내 취향이 아닌걸~!

취향을 떠나 그런 스킬을
잘 쓸 자신도 없어~!

뭐가
"이게 소설이야?"
냐?!

그런 '소설'을
쓰지도
못하면서!

내가 아직도
자만할 수
있는 부분이
남아 있었다는 게
놀랍다…

올려놓은
글이나
지워야지…

161

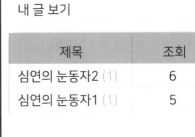

163

새벽녘의 품에서

비디오와 책을 보던
그날들.

그 포근했던 느낌.

이태양이든 현재희든,
아니면 학교의 그 누구라도,
인간 관계에서 오는
어떤 심란함도 배제한 채

완전한 나로서
모든 것을 받아들이는…

역시, 문학만이
구원을 준다.

오늘 밤은
아무런 꿈도 꾸지 않고
잘 수 있을 것 같다.

요즘은 매일매일
길마 님 블로그를
방문한다.

하암

주소 http://blog.naver.com/

으음…

그다음이
뭐였더라…

즐겨찾기에
있었나.

아!
블로그 이웃추가를
해뒀었지.

이웃블로그
기본
x유엘느안x x유엘느안x의 아니메월드

인터넷으로 사람 보는 건
참 편리하고 좋다.

어제는
저런 곳에
갔구나.

맛있어 보인다…

돈도 안 들고.

글도 다 봤네.
뭐하지?

컴퓨터가 있는데
이렇게 심심할 수도
있나…

결국엔 블로그
새로고침 중…

안부

x유엘느안x

어? 길마 님이
내 블로그 안부게시판에
글 남겼다!

x유엘느안x

반갑습니다
제 블로그도
놀러오세요
by. x유엘느안x

다크 ㅎㅇ!
블로그에 글이 하나도 업네 -.-;;
글 좀 남겨랏~! ㅋㅋ

내 블로그에
글을 써보라는
건가?

아…

음…
뭐에 대해 쓰지?
솔직히 이제
소설 쓰기는
자신도 없고…

일단 그럼 짧은 글이라도 써볼까.

장정일의 단상집『생각』처럼…

단상이라고 해도 소재가 생각이 안 나.

옛날 일기를 뒤져보면 뭐라도 나오겠지.

일기를 안 쓴 지 꽤 오래되었구나.

하긴, 나쁜 일들은 쓰기도 지겨워졌고

좋은 일들은 더 이상 일어나지 않으니까.

좋아. 여기서부터 시작할까.

블로그는 독특한 일기장이다. 혼자만의 공간에서 나만의 이야기를 쓰지만 이 글을 읽을 누군가를 어쩔 수 없이 의식하게 된다.

나의 불행이 누군가에 흥미 본위가 된다는 것

1

일기를 쓰지 않은 지 마지막 일기는 햄버 다시금 생각해보니 이젠 알 것 같다. 왜 내 옆에 앉았던 것도 이렇게 무딘 감각으

167

그래서 이렇게 토해낸 기분이 드는 건가?

내일은 또 무슨 얘길 쓰지?

두근 두근

나에게 내일의 계획이 있다니!

새날이다!

으음...

오늘은 무슨 글을 올려볼까?

커피우유 제조법에 대해서?

뭐야 … 내가 알려준 건데.

아니야… 만약 걔가 보게 되면,

이상한 애라고 생각할지도.

좋게 헤어진 것도 아니잖아.

책에 대해서 써볼까?

6

방학식 날에도 나는 기어이 책을 대출했다 반납 일자가 한참 지난 책은 나에게 문제가 나는 도서부원이기 때문이다.

이런 이야기는 쓰면 안 되나? 누가 볼 수도 있는데…

책을 읽을 수 있는 환경을 조성해준 학교가 단연 훌륭한 공간이라고 할 책은 만만한 놈이 아니어서 읽지 않 머리로 이해해야만 그다음 장을 허 그런 점에서 영화는 한결 친절한 책을 꾸준히 읽는다는 것은 훈련과 언제부터 이렇게 책에서 멀어짐에 죄악감을 가지게 되었을까? 아마 취미를 '독서'로 기재했던, 그날부_

아니야! 자의식 과잉 이라니까!

방문자 수도 1밖에 안 되면서!

또, 또 뭐에 대해 쓰지? 잠시 화장실 갔다가~

앗!

안부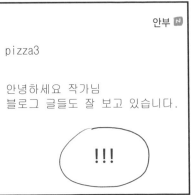

길마 님이
내 글 읽고 안부
남겨준 건가?

pizza3

안녕하세요 작가님
블로그 글들도 잘 보고 있습니다.

!!!

우와우와
우와~~~!!
이 아이디는,

내 소설
「심연의 눈동자」에
리플 남겨주셨던 분
거잖아!

pizza3

안녕하세요 작가님
블로그 글들도 잘 보고 있습니다.

다크666

안녕하세요 pizza3 님
감사합니다.
제 블로그는 어떻게 알고 오셨

감사합니다.
제 블로그는 어떻게 알고 오셨어요?

pizza3

글 먹는 용 사이트에 링크되어
있어서요.
링크 타고 왔어요 ㅎㅎ

그랬구나…

난 또…
이상한 생각할 뻔
했네.

다크666

앗 그랬군요 저는 그런 줄도 모르고 깜짝 놀랐습니다.
작가라니, 과찬이세요.

pizza3

소설 써서 올리셨으면 다 작가죠, 뭐

다크666

아니에요… 어차피 리플도 pizza3 님 안 달렸고… 부끄럽네요.

pizza3

아 혹시 그래서 이제 안 쓰시는 건가

다크666

네… 소질이 없는 것 같아요.

pizza3

에이 그렇지 않아요
저는 솔직히 블로그 글들이 더 좋긴 하지만요 ㅋㅋ

뭐, 뭔가 떠오르려고 하는데…

기시감이…

그래, 이거였어!

너 소설보다 다른 글을 더 잘 쓰는 것 같은데~? 히힛~!

과장된 기억

게다가 그때 내가 했던 말이 진심이었어서 더 알 것 같아.

이백합이 느꼈던 기분이 이런 거였군 …

화끈 화끈

다크666

제 소설은 뭐가 문제였던 걸까요?

다크666

제 소설은 뭐가 문제였을까요 감상을 말씀_

크흑! 이런 부분도 이백합이랑 똑같잖아! 소설 쓰면 다 이렇게 되나?

감상 말해줘!

pizza3

글쎄요 아마 사람들이 읽기에 장르가 애매했다… 라노베풍인지 로맨스인지 판타지물인지… 낯설었을 것 같아요. 약간 글 안에서도 갈피를 못 잡으신 것 같다고 할까요?

그렇구나… 그래서 사람들이 다들 그냥 지나친 거였어.

그 사이트 사람들이 참 예리하구나…

pizza3

그런데 블로그 글은 달랐어요. 담백하면서도 특색이 있더군요. 다른 글도 많이 보고 싶어요. 계속 글을 써주세요.

개학식 D-3.

편집자A

나는 편집자A. 괜찮은 글을 찾으려 이렇게 가끔씩 모니터링을 한다.

'글 먹는 용'에 올라온 「심연의 눈동자」 봤어?

네 취향 이던데? ㅋㅋ

닉네임 '다크666' 이던…

아, 그거? 봤지.

67화

신규 캐릭터를 생성합니다.

닉네임 : sajkdfljs

안녕! 반가워!

나는 너를 신나는 원더링 월드로 데려가 줄 '원더링'이라고 해!

그래! 공격은 그렇게!

자! 걷는 건 이렇게 하는 거야!

자, 내 손을 꼭 잡아!

너는 지금까지 얼마나 많은 모험가들에게 길 안내를 했을까.

보이니? 저곳이 원더링 월드야.

앞으로 네가 꿈꾸며 살아갈 곳이지!

수업은
여기까지야!
잘 따라와 줘서
고마워.

너무 걱정하지 마!

나는 항상
네 곁에
있을 테니까!

거짓말…

공지사항

안녕하세요 모험가 여러분들!
모험가들의 친구 GM보라가
마지막 인사를 올려요

첫 번째 소식!
그동안의 추억을 기념하기 위한
간담회 소식을 알려 드립니다.
사연을 올려주신 모험가 여러분들 중
100분을 선정하여
간담회에 초대합니다!

거짓말쟁이들.

언제나
곁에 있겠다고
했으면서…

간담회 참석자
전원에게 드리는
원더링 피규어
입니다.

원더링
피규어…

가지고 싶어.

나도 내일부턴 사연
준비해서 올려야지.

와~

진짜 천재적인 발상이다…

그런데

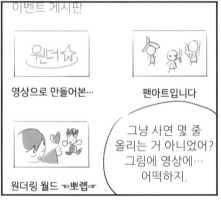

이벤트 게시판

원더☆

영상으로 만들어본…

팬아트입니다

원더링 월드 ☜뽀렙☞

그냥 사연 몇 줄 올리는 거 아니었어? 그림에 영상에… 어떡하지.

솔직히 글 먹는 용 공모전 일 때문에 자신도 없는데…

pizza3

다른 글도 많이 보고 싶어요. 계속 글을 써주세요.

pizza3 님…

오픈 때보다 참 많은 것이 달라졌어.

이 겜 진짜 망함?

이 맵이 생겼을 때 소풍을 왔었지.

이곳에서는 길드원들이 모여서 이야기도 하고 차도 마셨는데…

나는 나만의 이야기를 쓰는 거야.

원더링 월드에서의 추억을 마무리하기 위해서라도.

개학식.

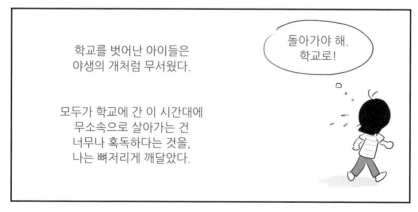

학교를 벗어난 아이들은
야생의 개처럼 무서웠다.

모두가 학교에 간 이 시간대에
무소속으로 살아가는 건
너무나 혹독하다는 것을,
나는 뼈저리게 깨달았다.

돌아가야 해.
학교로!

58화

장미래, 하이!

너 자리 저기야.

나한테 화난 거 아니었나?

그럴 정도의 관심도 없었나봐.

사회 시간.

저번에 조 정했지? 그대로 앉아.

...

...

이번 조에는 이백합도, 장노란도 없네.

이백합도 이제 나를 포기한 모양이군…

다른 조 조원들은 다섯 명씩인데, 우리만 네 명.

소수라는 죄로 나를 떠맡게 되었구나. 미안하군…

또…

또 엄마한테 심한 소리를 했어.

엄마도 나만큼 불행하단 걸 알고 있으면서도,
이렇게 때때로 심술을 부리고 만다.

아빠한테 못하는 화풀이를 대신 하는 걸지도…

비겁자.

찌질이…!

그래도 엄마가 나 공부하는 거 보니 좋았나봐.

나한테 관심 없는 줄 알았는데…

아무튼 100개는
심하다구~!
언제 다 외워~!

어차피 한 사람당
내는 문제는 열 개잖아!
그럼 운만 좋으면…!

조별로
상대평가로
점수 준대.

2등부터
전체 조원이 1점씩
깎이는 거야.

안 돼~!
나 때문에 점수 깎이면
날 원망할 거야…!
그렇게 되면…

그 애한테 원더링 월드 팬아트 부탁한다는 말도
못 꺼낼 거라고!

이것 봐!
이젠 팬아트는
기본이야!

그동안 어디 있다가
이렇게 다 튀어
나온 거야?!

대뜸 그림을
그려달라고 해도
이상하게 생각할
테니까…

일단은
수행평가에서
폐를 끼치지
말고…

그동안 친해질… 수는
없겠지만 돈이라든가…
부탁을 해보면…?

다른 애들은
어떤 식으로
부탁하지?

아아… 모르겠어.
친구를 사귀어본 게
너무 오래됐으니까.

다음 날.

…

쟤 지금 수행평가
공부하는 거
같은데?

에이,
설마~!

194

198

언젠간 엄마도

소설『홍당무』의 마지막 장면처럼,
담아둔 속마음을
이야기할 수 있는 날이 올까.

휴, 좀 쉬었다
해야지.

앗!
안부게시판에
pizza3 님이
글 남겨주셨네.

pizza3

마지막 글 이후로
글이 올라오지
않아서 걱정됩니다.
무슨 일 있는 건
아니죠?

마지막 글?

뭐라고
썼더라..

○○

　요즘은 숨쉬는 것처럼 죽고 싶다는 생각을
한다. 생각뿐만 아니라 가끔은 입 밖으로 내었다가
그 어쩔 수 없는 무게감에 깜짝 놀라 주위에 혹시
들은 사람 있나 싶어 두리번거린다.

　아주 오래전부터 느껴온 불안감, 비참함,
무력감을 나는 드디어 쉬운 말로 간단히
정리할 수 있게 되었다.

　지쳐 잠드는 것처럼 까무룩 눈을 감고서
다음 숨을 쉬고 싶지 않은 나날들이다.

그래도…

혁.

아이고!
이런 글을 썼었구나!
쪽팔리다, 지워야지…

삭제

게다가 한두 번
쓴 것도 아니네.

삭제

삭제

으으… 블로그는
혼자 보는 곳이 아닌데,
어리광 부린 꼴이 되었어.
부끄럽다.

우리 조가 다 맞히면…

우리 조도 다 맞히면 만점 줄 수도 있지 않을까?

흐음.

그럼 이 시간 끝나고 선생님한테 여쭤봐야겠네.

파티 신청 중입니다…

너도 가려고?

으응…

싫은가? 괜히 따라왔나? 으으…

그래.

상대방이 파티 신청을 수락하였습니다!

진짜 다 외웠네?

히…

너도 체육복 안 가져왔어?

아니, 난 몸이 안 좋아서.

많이 아파?

그런 건 아닌데,

다치면 뼈도 잘 부러지고 피 나면 잘 안 멈춰.

그럼…

이양선!

우리도 처음엔 걱정했는데 말야.

장노란이 너에 대해 안 좋은 소리를 하도 많이 해서.

또…

그런데 막상 같이 해보니까 걔 말 같지도 않고, 너, 생각보다 착한 것 같더라.

수행평가야 뭐… 어차피 중요한 건 필기니까.

그치?

소, 솔직히… 나 그렇게 착한 거 아니야.

내가 그렇게 열심히 했던 건…

나는 원더링 월드 간담회에 가기 위해 짜두었던 계획을 사실대로 이야기했다.

71화

214

얘… 멋있다!
좋아지려고 해!

지식in
… 뭘 주면
좋아할까요?
A. 요즘엔
누가 뭐래도
새콤달콤이
최고죠 -_-)b

라던데…

200원
입니다.

다음 날.

마침
만났다.

저기, 안녕?
이거 먹을래?

아니, 그거
이에 껴서
싫어.

그래.

이상하게
얘한텐 거절당해도
별 생각이
안 든다.

벌써
이렇게 그렸어?
진짜 빠르다…

그리고
진짜 멋져…
고마워.

말해도 될까?
너무 주제넘는 건
아닌지…

아냐, 얘라면
거절도 쌈박하게
해줄 거야.

217

안녕하세요! 다크666 님이시군요. 저 GM보라입니다!

올려주신 글 잘 봤어요!

다크 님 글 보고 저희들 다 울먹울먹 했다니까요?

저, 정말요? 와…

시상식 때 자리 비우지 마시고요.

기대해 주세요~

뭘 기대하란 거지?

… 이어지는 순서는 사연상 베스트 3 시상식입니다.

3등, 다크666 님!

세상에 세상에 세상에 세상에.

축하 드립니다~

218

다크666 님의 가슴 저리는 사연을, 지금 제가 낭독하겠습니다!

끼야악~!!

그리고 이 멋진 그림은 다크666 님의 친구가 그려주신…!

!!!!

미, 미안.

…

나도 이렇게 크게 보여줄 줄은 몰랐어.

내 그림 크게 보니까 느낌이 다르다.

좋은데?

사실은 나도…

공들여 쓴 글인데 모두한테 읽혀서 설렜어.

다음 순서로 기획팀장님의 인사 말씀이 있겠습니다.

안녕하십니까, 모험가 여러분!

만나뵙게 되어 반갑습니다!

219

간담회 전에는 분명 분노에 차서
항의하겠다는 사람도 많았는데…

계속된
경영 악화로…

그러나
저희 모두는
이 게임과 여러분을
진심으로
사랑했습니다…

이건 뭐 거의
수련회 마지막 날
촛불 타임 분위기
…

자, 그럼
다음
순서로는
…!

처음으로 맡은
게임이었는데…

훌쩍   훌쩍

오늘 간담회의
특별 이벤트죠!

코스프레상을
발표하겠습니다!

다들
바보 같아…

희나쨩,
그리고 유엘느안 님!

푸윱

모, 모험가님…

재가 희나쨩 이라고?

여자 아니었어?

…

이거 완전 업껠 감이다

와~ 선물 진짜 많이 받았다.

응.

이젠 진짜 끝인가.

할 일은 다했어…

221

「사랑의 블랙홀」
이라는 영화에서,
똑같은 하루가 계속 반복돼.
주인공은 벗어나고
싶어하지만,

오늘 같은 날이라면
난 평생 반복되어도
좋을 것 같아.

오늘 같이 와줘서
고마워. 그림도 정말
고맙구…

난 안 돼.

내일 미술학원 가는
날이니까. 새로운 거
알려준댔어.

으응…

네 게임 공략집은
내일 학교에서 줄게.
그럼 내일 봐.

또 하루 연장인가…?

안녕!

학원은 잘 다녀왔어?

뭐 배웠어?

아! 자리는 옮길 필요 없다.

2학기 조별 활동은 이대로 갈 거니까.

아자뵤~~!

완전 짱나~!!

저 꼴을 2학기 내내 봐야 한다구?

225

그, 그래도 레즈비언은 아니니깐!

엥? 그렇게 생각 안 해.

나도 여배우 좋아하는걸?

크리스티나 리치라든가 우마 서먼이라든가..

하도 그런 오해를 많이 받아서…

그랬구나…

힘들었겠네.

어?

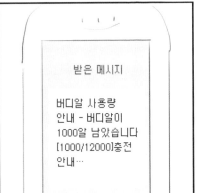

나에게도 소풍 가는 날의 버스 옆자리 짝이 생긴다.

매일 오늘 나오는 급식 이야기를 하고,
쉬는 시간 10분이 너무나 소중한 삶.

**이런 삶이라면
살아갈 수 있어,**

아니…
살고 싶어!

앞으로 살아나갈 거라면,

그렇지 않을 거라고
생각해 저질렀던
과오에 대해 누군가에게
사과를 해야만 한다.

여보세요?
현재희 핸드폰
맞나요…?

간담회

간담회 전날.

너, 남자인 거 밝혀져도 상관없어?

응, 괜찮아.

어차피 게임도 섭종이고… 자꾸 연락하는 사람들도 귀찮아졌어.

섭종 : 서비스 종료

인형뽑기 이야기 2

이번 권에서는 2권에서 정리한
기본적인 내용에 더해
디테일한 이야기를 해볼게요.

지루하다면
죄송해요.
다음 권에선
안 할게요…

인형이 입구 근처에 왔을 때
어떻게 뽑는 게 좋을까요?

1. 돌려 치기

집게로 인형을
쓰러뜨려요.

조이스틱을
동그랗게
돌려요.
(돌리는 방향에 유의)

2. 누르기

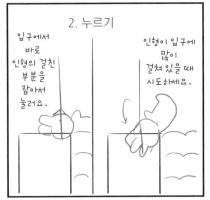

입구에서
바로
인형의 걸친
부분을
잡아서
눌러요.

인형이 입구에
많이
걸쳐 있을 때
시도하세요.

3. 뒤집기

끝부분을
잡아요.

이렇게 끙차
들어올려서
끌어가요.

탑에 페이크가 있는지
눈여겨보는 것도 중요해요.

입구

옆에서 볼 때

입구

텅
텅

앞에서 볼 때

인형이 딱 맞춰진 퍼즐처럼 서로
껴 있을 때도 헛수고를 하기 쉬워요.

어, 왜
안 올라와?

(인형의
생김새를
살펴보는
것도 중요)

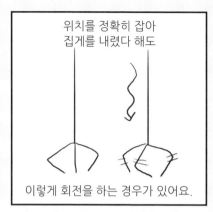

위치를 정확히 잡아
집게를 내렸다 해도

이렇게 회전을 하는 경우가 있어요.

한 번 잘된 기계가
계속 잘되지는 않아요.

야호!
내일도 와야지!

다음 날.
…

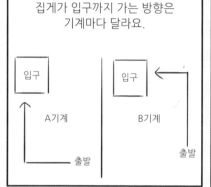

집게가 입구까지 가는 방향은
기계마다 달라요.

입구

A기계

출발

입구

B기계

출발

뒤집기, 돌리기, 누르기가 되는
기계가 있고 안 되는 기계도 있고…
기계마다 달라요.

무책임해
보이겠지만…
사실이에요.

기계에 쓰인
이름으로
구분하세요…

더 많은 팁은 유튜브에
고수분들이 많이 올려주었으니까
참고하면 좋겠습니다.

저 레버를
내가 돌리고
싶다…!

저도 초반엔
영상을 몇십 시간씩
봤는데…

보는 것보단
직접 하는 게
백만 배
재밌죠.

팁들이 도움이
되었을지 모르겠어요
(기본적인 것들이라…)

탕진하지 마시고
기술 정진의 마음으로
즐거운 취미 생활
하세요~

여중생A 3

지은이 | 허5파6

초판 1쇄 발행일 2017년 3월 17일
초판 7쇄 발행일 2022년 6월 22일

발행인 | 한상준
편집 | 김민정 · 강탁준 · 손지원 · 최정휴 · 정수림
마케팅 | 이상민 · 주영상
관리 | 양은진
표지 디자인 | 조경규
본문 디자인 | 김경희

발행처 | 비아북(ViaBook Publisher)
출판등록 | 제313-2007-218호(2007년 11월 2일)
주소 | 서울시 마포구 월드컵북로 6길 97(연남동 567-40 2층)
전화 | 02-334-6123 전자우편 | crm@viabook.kr
홈페이지 | viabook.kr

ⓒ 허5파6, 2017
ISBN 979-11-86712-37-5 04810